Bibliographische Information der Deutschen Nationalbibliothek:
Die Deutsche Nationalbibliothek verzeichnet diese Publikation in
der Deutschen Nationalbibliographie, detaillierte bibliographische
Daten sind im Internet über http://dnb.dnb.de abrufbar.

Herstellung und Verlag: BoD – Books on Demand, Norderstedt.

ISBN: 9783746046914

Der Rolli, die Jacke und ich

Geschichten um einen Motoroller

Die Zeit ist reif dafür, Danke zu sagen.

Aus einem Gedanken wurde ein Wunsch. Aus dem Wunsch entstand das Projekt, durchaus auch verbunden mit Arbeit. Doch es hat mir auch viel Freude bereitet, meine Gedanken aufzuschreiben. Wieder und wieder kamen neue dazu, teils lustige, aber auch solche, die sich zum Nachdenken und Besinnen eignen. Einige schienen schon lange „tief vergraben" zu sein, sie fühlen sich jetzt beinahe lebendiger an denn je.

Widmen möchte ich das entstandene Buch meiner geliebten Franka. Sie hat mich bestärkt dieses Hobby zu leben. Und meiner Enkelin Soi; gemeinsam haben wir so manche Tour auf einem der beiden Motorroller genießen können.

Andreas Tautenhahn
im Dezember 2017

Wir sind wieder zusammen: der Rolli, die Jacke und ich.

Diese Geschichtchen sind die um einen Motorroller. Es sind die um meinen Motorroller vom Typ „Berlin", die im Jahr 1977 begannen, als ich es vorzog lieber ein Motorrad fahren zu wollen, als das SIMSON „MOFA 1S" meines Vaters.

Ja, gut gemeint hat er`s als er sagte: „du kaufst dir vor der Armee kein Motorrad". Soweit, so gut. Ich fuhr mit dem MOFA, meistens an seiner Leistungsgrenze. Auf den Straßen von Karl-Marx-Stadt war das auch angebracht, um wenigstens ein bißchen im Verkehr mithalten zu können. So auch, als ich mit einen von meinem Lehrbetrieb bezahlten Riesenstapel Bücher für das bevorstehende Studium nach Hause fuhr.

Der Gepäckträger befand sich vorn und die schmächtige Federung am unteren Ende ihrer Daseinsberechtigung. Dem kleinen Röhrchen am Schalldämpfer erging es nicht sehr viel besser. Die Kaßbergauffahrt[1)] hinauf zu fahren, war da schon eine Herausforderung für das MOFA.

Das stabile Kopfsteinpflaster, durchzogen von den Gleisen der schmalspurigen Straßenbahn der Linie 8 und die engen Kurven machte die Fahrt zusätzlich noch schwieriger. Die Straßenbahn, ein alter Holzkasten der Gothaer Werke aus dem Jahre 1909 folgte mir sehr bald und recht nah. Die akustische Wahrnehmung der linken und der rechten Handkurbel des Straßenbahnfahrers ist mir bis heute in Erinnerung geblieben. Soweit ich mich an diese Straßenbahnen erinnere, diente eine dieser Kurbeln als Fahrregler und die andere als Bremsregler. Gut, daß die Fahrt mit dem MOFA ansonsten problemlos verlief.

Wenig später kam es zu einer recht aufregenden und spannenden Fahrt. In Folge des mehrtägigen Aufenthaltes in einer Jugendherberge am Rande von Rittersgrün nahe Schwarzenberg hatte ich den Wunsch, mit dem MOFA dorthin zu fahren. Schließlich bestand meinerseits das Interesse darin, die mir vom Herbergsleiter versprochene kleine Tüte mit Kupferpfennige des Deutschen Reiches abzuholen, er dagegen war interessiert an einem hölzernen

Bierkrug, den ich mir wenige Jahre zuvor als Souvenir aus Moskau mitgebracht habe. Mit ihm im Gepäck fuhr ich los, von der Uhlichstraße über den Kaßberg in Richtung Zwönitz. Ich staunte nicht schlecht, als in der Neefestraße ein Umleitungsschild darauf aufmerksam machte, daß der Verkehr auf die Autobahn geleitet wurde. Also fuhr auch ich mit dem MOFA auf die Autobahn, in Richtung Plauen. Ein „Stück" mit 30 km/h auf der Autobahn, denn schneller fuhr das MOFA nicht. Noch nicht. Immerhin erstaunlich war, daß ich mich dabei einem vor mir fahrenden LPG-Anhänger näherte, weil dessen Traktor auch nicht so recht „aus der Hefe"[2] kam. Zuerst einen Blick in den rot umrandeten Fahrradrückspiegel, dann die Hand links 'raushalten und die Spur wechseln um vorbeizufahren. Allein der Gedanke an einen Überholvorgang war zu schön, aber zwischen dem Anhänger und dem Traktor ZT300 befand sich ein weiterer Anhänger. Auch beladen. Die Differenz zwischen meiner Geschwindigkeit und der des Traktors war nicht sonderlich hoch. Dann sah ich, daß vor diesem „Gespann" eben noch ein Solches fuhr. Der Überholvorgang nahm so doch deutlich mehr Zeit in Anspruch, als ich mir das hätte vorstellen können.

Da kommt man nicht so schnell vorbei. Doch aufzugeben kam mir nicht in den Sinn, nur sollte ich nicht so oft in den Rückspiegel schauen. Der Fahrer eines Wartburg 353 fühlte sich schon sichtlich genervt, fluchte offensichtlich hinter seinem Lenkrad. Oder biß er etwa schon hinein in dieses? Seine Frontscheibe beschlug bereits - von innen. Und ich fuhr in der Mitte. Vor ihm. Und er direkt hinter mir. Er mußte schon knapp am Platzen gewesen sein. Doch irgendwann war ich schließlich vorbei und bereit, meinen rechten Arm zum Zwecke des Spurwechsels heraus zu halten und fuhr wieder rechts.

An Schwarzenberg erinnere ich mich nicht mehr. Nur an eine Straße mit sehr starkem Gefälle, die ich mit Vollgas nahm. Ab diesem Moment fuhr das MOFA viel zu schnell. Hatte ich es überfordert, die Fliehkraftkupplung etwa „übertourt"? Egal.

Der Tausch Münzen gegen Bierkrug war perfekt, die Rückfahrt dann auch. Die Münzen habe ich noch heute, das MOFA nicht.

Anzunehmen ist, daß unser Nachbar Fred von meinem Motorradwunsch wußte, war er doch recht eng mit Vater befreundet. Nach dem ich mir zwei oder drei gebrauchte Motorräder angeschaut hatte, die mir aber nicht so recht gefielen - zum Beispiel eine Panonia, die nicht gut fuhr und ich diese dafür als bockig und schwer empfand - sprach er mich an einem Freitagnachmittag im Sommer 1977 an, ob ich Interesse an einem Motorroller „Berlin" hätte. Ein Bekannter oder Verwandter von ihm wollte seinen gern verkaufen und 320 Mark (der DDR) für den Motorroller haben. Eigentlich hatte ich weder eine rechte Ahnung davon, wie solch ein Motorroller aussieht, noch wie er sich fahren lassen würde. Am folgenden Samstagmorgen stieg ich zu Fred in seinen Trabant, die 320 Mark hatte ich bei mit. Vater wußte nichts davon. Wir fuhren nach Zeitz. Der Motorroller sah sehr gut aus, seine blaue Farbe gefiel mir. Man erklärte mir die Besonderheit der Schaltung und zeigte mir den Benzinhahn unter dem Kraftstofftank und den Tupfer am Vergaser. Das mußte mich beeindruckt haben, denn wenig später saß ich auf dem Roller und fuhr zurück nach Karl-Marx-Stadt. Heute weiß ich nicht einmal mehr, wie ich zu dem Motorradhelm gekommen bin. Gekostet hat der damals 30 Mark.

Doch an eines kann ich mich noch recht genau erinnern: Angekommen in Karl-Marx-Stadt, bog ich dann in die Uhlichstraße ein und sah Vater auf dem Balkon. Er hat mir sehr deutlich einen „Vogel gezeigt". Damit war die Angelegenheit aber erledigt. Ich hatte also mein erstes Motorrad und Vater bekam sein Mofa zurück. Wenige Tage danach - am 23. August 1977 - ist der Motorroller auf meinen Namen zugelassen worden und bekam das Kennzeichen mit der Nummer TG 70 - 97.

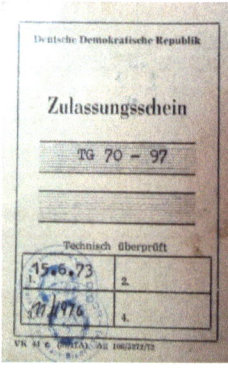
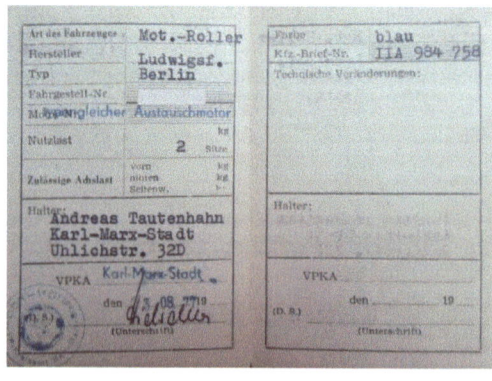

Ich fand recht schnell Gefallen an dem Berliner Roller, er war wohl auch einer der ersten Tausend und aus dem Baujahr 1959. Wunderschön blau lackiert, hatte ich schon Freude daran, ihn zu sehen. Er fuhr sich sehr leicht. Anders aber als ein „gewöhnliches" Motorrad, bei dem man den Tank zwischen den Oberschenkeln hatte, also körperlich dadurch mehr mit dem Motorrad verbunden war. Das Gefühl, mit den Oberschenkeln oder mit den Knien das Motorrad in die Kurve mitnehmen zu können gab und gibt es also beim Motorroller nicht. Zu damaliger Zeit, gerade in den fünfziger - und sechziger Jahren bot diese Konstruktion besonders Frauen den Vorteil, mit Rock oder Kleid bequem aufsteigen und fahren zu können.

Nun folgten einige Ausflüge, auch mit meinem Schulfreund Uwe. Er fuhr eine Jawa. Gemeinsam erkundeten wir das Umland, nachdem wir zuvor nur mit seiner Jawa unterwegs waren, ich also hinten saß.

Auch zum Einkaufen habe ich nicht auf den Motorroller verzichtet. Da war nichts einfacher als den Auftrag zu erledigen, eine bestellte Torte für die Geburtstagsfeier vom Bäcker abzuholen. Der Karton für die Torte sah nicht nur groß aus, sondern er war es auch. Aber was sollte ich in dieser Situation machen? Auf den Gepäckträger konnte ich den Karton nicht laden, weil ich nichts dabei hatte um ihn befestigen zu können. Da hab ich ihn samt der Torte vorn rechts schräg stehend auf das Trittbrett gelegt und bin so die wenigen hundert Meter bergab nach Hause gefahren. Bremsen war da nur über das Vorderrad möglich. Trotzdem hat Mutter mich so ankommen gesehen und die Hände über den Kopf zusammen geschlagen. Sie hatte Geburtstag. Doch die Torte hatte keinen Schaden genommen, was mich heute noch verwundert.

Uwe und ich fuhren gemeinsam nach Oberrabenstein, Augustusburg, Einsiedel oder Kemtau. Manchmal gab es auch einen kleinen Zwischenfall. So geschah es, daß er auf feuchtem Kopfsteinflaster in der Kurve unterhalb der Burg Rabenstein stürzte. Da fuhr ich hinter ihm. Zuvor, als er vor einer Ampel nahe der Eissporthalle stark abbremsen mußten und die doch recht schwere Jawa nicht mehr so recht in der Spur halten konnte, kippten wir nach rechts um. Zum Glück lag da zufällig ein größerer Dreckhaufen, in dem ich mit meinem Knie relativ weich landete und die ganze Last der Fuhre aufnahm. Passiert ist weiter nichts, vielleicht mal ein kleiner Kratzer. Zufälligerweise kam dergleichen meistens am 12. Tag des Monats vor, da es eben mal nicht so gut lief. Deshalb entschieden wir uns dafür, lieber nicht an besagtem Tag auf die Motorräder zu steigen. Ob das geholfen hat? Jedenfalls folgten dann keine derartigen Ereignisse. Aber es war auch der Zeitpunkt, da sich unsere weiteren Wege für längere Zeit trennen sollten. So begann am 29. August 1977 mein Studium in Löbau. Ab diesem Tag stand der Motorroller länger in Vaters Garage.

In den sehr wenigen Kurzurlauben - oder den verlängerten Kurzurlauben[4] während des ersten Studienjahres fuhr ich mit dem Zug[3] nach Karl-Marx-Stadt und wenn es die Zeit und das Wetter erlaubten, nahm ich den Roller aus der Garage. So war ich schnell im Garten oder bei meiner Freundin.

Eines Tages aber nahm ich den Motorroller mit nach Löbau, konnte ich doch einen alten Schuppen direkt neben der Filzfabrik als Unterstellmöglichkeit nutzen. Der Besitzer wollte kein Geld dafür, nur stellte er eine Bedingung.

Die bestand darin, den ehemaligen Hühnerstall etwas aufzuräumen um Platz für mein Motorrad zu schaffen. Damit war ich natürlich sehr großzügig und verfrachtete einen defekte Handwagen und den anderen nutzlosen Kram nach hinten. Später fand ein weiteres Motorrad dort Platz, die ETZ 250 eines Freundes und Studienkollegen.

Der Schuppen erlangte für uns beide noch eine weitere Bedeutung: Von zu Hause habe ich immer gern einige Flaschen Bier mitgebracht, Hans-Jürgen aber auch. Die beließen wir dort bei den Motorrädern. Und so war die Gelegenheit recht günstig, auch während der Woche in den Genuß des mitgebrachten Bieres zu kommen. Sei es frühmorgens, da unsere Frühsport-Laufstrecke in geringer Entfernung vorbei an der Filzfabrik führte, einladend zu einem Abstecher nach rechts. Damit wurde der 3000 Meter-Lauf am frühen Morgen nicht so anstrengend und wir brauchten nur noch zu warten, bis die anderen von der Laufstrecke zurück kamen und uns wieder einzuordnen.

So mancher Fahrt nach Hause folgten Ausflüge in die nähere Umgebung von Löbau, etwa nach Zittau und Oybin, manchmal auch um in einem Landgasthof einzukehren. Nur eben weg von Löbau. Das bedeutet nicht, daß diese kleine Stadt nicht schön war. Aber mitunter waren sehr viele Offiziersschüler am Wochenende im „Ausgang"[5] und ein Großteil der Lehroffiziere wohnte dort. Darum war mein Drang nach Begegnung nicht sehr ausgeprägt. Und da ich die Umgebung von Löbau nicht so gut kannte, hatte ich Lust darauf diese zu erkunden.

Der Zufall wollte es, daß einer der Zugführer unserer Kompanie damals auch einen Berliner Roller fuhr. Er wohnte in Görlitz, war ein eher kleiner und schmächtiger Offizier und fuhr oft mit dem Motorroller von zu Hause nach Löbau, und auch wieder zurück. Eines Tages geschah es aber, daß unser Zugführer, der ebenfalls in Görlitz sein zu Hause hatte, nicht mit seinem Skoda 1000MB zum Dienst fuhr. Er liebte seinen Skoda, erzählte auch gern mal die oder andere Geschichte, die sein Auto betraf. Oder besser ihn - mit ihm. Dabei haben wir über eine ganz besonders gelacht:
Es geschah während der Fahrt nach Görlitz, als er vom Fahrer eines Lada überholt wurde, während sich unmittelbar davor die Schranke des Bahnüberganges nahe des Ortseinganges auf der Fernverkehrsstraße „F6" schloß. Das Verhalten des Lada-Fahrers fand er überhaupt nicht fair, weswegen er hinter dem Lada anhielt, ausstieg und nach vorn zum Fahrer des Lada ging. Er bedeutete ihm, das Fenster herunterzukurbeln.
Dann prahlte er uns gegenüber in seiner kraftvollen Art:

„ und dann hab` ich ´reingelangt".

Letzteres kam voller Inbrunst und Genugtuung aus ihm heraus, sodaß es für uns ein Genuß war, sich das auch bildlich vorzustellen. Das war einfach herrlich. Nicht umsonst wurde er bei uns, also in Insiderkreisen auch „der Schmied von Astrachan" genannt. Ein Mann mit Herz, Kraft und Verstand.

Weshalb er an diesem Tag seinen geliebten Skoda nicht fuhr, weiß ich nicht und das war auch nicht so wichtig. Aber ein schönes und zugleich komisches Bild habe ich noch vor Augen. Während wir zum Zwecke des Selbststudiums in unserem Zimmer saßen, sahen wir draußen - außerhalb der Kaserne - den 2. Zugführer mit seinem Berliner Roller vorbei in Richtung Georgewitz fahren. Auf dem Sozius saß unser Zugführer.

Das sah schon allein deswegen so komisch aus, weil beide ihre Dienstuniform mit Sommermantel und aufgesetzter Schirmmütze trugen, dabei die Kordel dieser über das Kinn gezogen war. Der Fahrer war etwas nach vorn geneigt, der andere saß kerzengerade dahinter und hielt unter jedem Arm eine Aktentasche fest eingeklemmt. Dabei überragte er den Fahrer um reichlich Kopfgröße, er war sehr groß, aber auch sehr schwer und der Schwerpunkt des sicher bis an seine Leistungsgrenze belasteten Motorrollers verschob sich deshalb wahrscheinlich sehr weit nach hinten, sodaß der Fahrer ob dieser Gewichtsverlagerung nicht unbedingt große Freude am Lenken verspürt haben mußte.

Selbst allein unterwegs, habe ich das damals ähnlich erlebt. Dazu bedurfte es keiner großen Mühe. Als ich spät abends von Karl-Marx-Stadt zurück nach Löbau auf der Autobahn gefahren bin befand sich auf dem Gepäckträger meine festgeschnallte und vollgepackte Reisetasche und ich habe mich zur Verringerung meines eigenen Luftwiderstandes auf den hinteren Sitz geschoben. Das allein genügte, um die Lenkbarkeit negativ zu beeinflussen. Abhilfe konnte ich nur dadurch schaffen, indem ich etwas Schweres in die hinter dem Knieblech angebrachten Kunstledertaschen gepackt habe. Das waren meistens die mitgebrachten Bierflaschen. Danach ließ es sich wieder ganz gut fahren.

Diese Taschen selbst gehörten nicht zur Ausstattung des Motorrollers, die waren eine gut umgesetzte Idee des letzten Eigentümers. Doch erst mit dem Niederschreiben dieser Erzählung und dem genauerem Betrachten eines der alten Fotos erinnerte ich mich der Taschen wieder. Die waren durch große Druckknöpfe und einer Verstärkung an der Rückseite und am Boden der Tasche stabil genug und abnehmbar.

Während der langen Fahrt auf der nächtlichen Autobahn schlich sich nicht nur die Kälte in die Bekleidung, sondern es wurde auch langweilig. Nachdem ich Dresden passiert habe, fuhr ich manchmal recht allein. Gegen die Kälte habe ich mir vorn unter die Motorradkombi eine Tageszeitung gepackt und gegen die Langeweile mein kleines russisches Kofferradio „Wega 402"[19] bei voller Lautstärke. Während einer dieser Fahrten hörte ich im Radio den „Schwanenkönig" von der Gruppe Karat. „Wenn ein Schwan singt, schweigen die Tiere", das hat mich damals tief berührt.

Im übernächsten Sommer, also 1979 fuhren wir - meine Freundin und ich - mit dem Motorroller in den Urlaub nach Johanngeorgenstadt, von wo aus wir einen Tagesausflug in das tschechische Cheb (Eger) unternahmen. Daß sich diese Fahrt nachhaltig in meine Erinnerung eingebrannt hat lag nicht daran, weil uns die „DDR-Grenzer" zurückgeschickt haben, da sich an der Rückseite des Motorrollers kein

„DDR"-Schild befand. Nein, hinten war auch kein Platz dafür vorgesehen. Trotzdem haben sie uns zurückgeschickt, um ein solches Abziehbild zu kaufen. Dieses war zunächst mit etwas Wasser naß zu machen, damit es weichen konnte. Erst dann ließ es sich lösen und vom Papier abschieben. Damit war ich in der Lage, es hinten halb rechts auf die Haube zu kleben, und erneut zum Grenzübergang zu fahren. Das Schild kostete eigentlich 20 oder 30 Pfennig.

Da jedoch am Sonntag alle Geschäfte geschlossen sind, funktionierten auch hier manchmal marktwirtschaftliche Verhältnisse: Zahlst du also die 3 oder 5 Mark, oder brichst Du die Fahrt deswegen ab? Natürlich bezahlte ich, umkehren wollten wir schließlich nicht.

Wir hatten eine ansonsten sehr schöne Fahrt nach Cheb. Der „Rolli" stand auf einem Parkplatz nahe der Stadtmitte und wir begaben uns zu Fuß in die Altstadt. Dann schaute ich noch einmal zurück und war überrascht, als einige Motorradfahrer den „Rolli" bestaunten. Waren das die Leute, die kurz vor uns mit ihren Motorrädern auch diesen Parkplatz befahren haben? Die waren aus dem Westen, der „BRD". Wollten die das Gefährt nur anschauen? Ich weiß es nicht, hoffte dennoch, daß sie wirklich nur die Neugier trieb.
Am späteren Nachmittag wurde es Zeit für uns, an die Rückreise zu denken. Also: „aufsatteln", wir fahren zurück nach „Johannstadt"[7].

Die Strecke war nicht so kompliziert, immer der Hauptstraße nach, da geht`s nach Bad Brambach. Dachte ich. Doch irgendwann war ich mir nicht mehr so ganz sicher. Waren wir kurz vor Bad Brambach, nahe der tschechischen Grenze? Hoffentlich machen die Grenzer nicht wieder Probleme, so wie am Morgen während der Hinfahrt. Irgendwie war dieses etwas mulmige Gefühl immer vorprogrammiert, sah man sich doch schließlich in gewisser Hinsicht ausgeliefert, den DDR-Grenzern und dem Zoll ebenso wie denen der Tschechen. Doch sind wir jetzt auf der richtigen Straße? Genau in diesem Moment kam uns ein tschechischer Armee-UAZ[6] entgegen.
Der Fahrer gab mir ein Zeichen anzuhalten und wollte wissen, wohin wir fahren möchten. Zum Übergang nach Bad Brambach wollten wir natürlich. Das war aber schon am Ortseingang von Aš [ash]. Schlagartig war ich munter und erinnerte mich an ein Hinweisschild nahe Cheb mit der Aufschrift: Hof 23 km. Verdammt! Das war die falsche Grenze!

Der freundliche tschechische Soldat gab uns zu verstehen, daß wir wenden sollen und führte uns an die Abzweigung zurück, die ich übersehen hatte, aber deren Bedeutung meine Zukunft hätte extrem beeinflussen können.

Das wurde mir kurze Zeit später sehr deutlich bewußt. Bei diesem kleinen Ort Aš hätte mein Studium an der Offiziershochschule der Landstreitkräfte ein abruptes Ende finden können - politisch gewollt. Dabei hatte sich ein junges Paar auf dem „Nachhauseweg" einfach nur verfahren, war auf der falschen Straße unterwegs. Nicht aber vom „rechten Weg" abgekommen!

Man stelle sich ein mögliches Szenario vor:

1. rechts heranfahren,
2. Personalausweis vorzeigen und vielleicht abgeben,
3. Herzklopfen infolge der unerwarteten Situation,
4. die Aufnahme der Daten zur Überprüfung, gefolgt von
5. warten auf weitere Taten und Anweisungen und
6. Ungewißheit darüber, wie es jetzt weiter geht.

So hätte die Kunde unseres Aufenthaltes in der ČSSR über den militärischen Dienstweg auch die Grenze zu den sogenannten befreundeten Nachbarn, den Grenztruppen der DDR überschreiten können, um dann ihren Weg in die NVA und schlußendlich an die Offiziershochschule zu finden. Ein Offiziersschüler wurde unmittelbar vor der Westgrenze mit dem Motorrad „aufgegriffen", vielleicht mit dem Verdacht auf versuchte Republikflucht - oder so ähnlich formuliert. Gefolgt wären sicher endlose Befragungen, vor allem und ganz sicher durch die Staatssicherheit der beiden Staaten. Der Ausgang dieser wäre sicher fatal. Von der Degradierung zum Soldaten und dem Ausschluß vom Studium einmal ganz abgesehen.

Wir hatten einfach etwas Glück und einen schönen Urlaub. Im Fotoalbum findet sich noch heute ein kleiner Hinweis dazu neben dem Foto des Motorrollers.

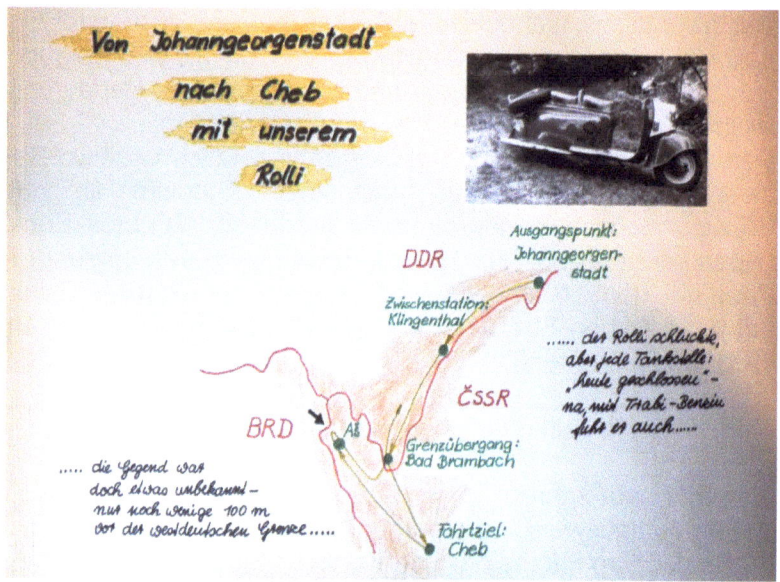

Von Johanngeorgenstadt nach Cheb mit unserem Rolli

DDR

Ausgangspunkt:
Johanngeorgen-
stadt

Zwischenstation:
Klingenthal

ČSSR

...... der Rolli schluckte,
aber jede Tankstelle:
"heute geschlossen" -
na, mit Trabi-Benzin
fuhr es auch ......

BRD

As

Grenzübergang:
Bad Brambach

..... die Gegend war
doch etwas unbekannt -
nur noch wenige 100 m
vor der westdeutschen Grenze .....

Fahrtziel:
Cheb

Unsere Wirtin in Johanngeorgenstadt hatte uns ein sehr kleines Zimmer privat vermietet, unter dem schmalen Fenster in Parterre gackerten und scharrten die Hühner in dem winzigen Garten. Alles war ganz einfach eingerichtet, idyllisch - und wir waren ganz allein für uns. Zum Vergessen zu schade.

Wir waren verliebt, ich natürlich auch in meinen Motorroller. Und da durfte sie schon mal auf ihm Platz nehmen. Ein schönes Foto. Noch immer.

Im Jahre 1980 war das Studium erledigt und als mein Einsatzort Erfurt festgelegt.
Den Roller hatte ich während des vorhergehenden Winters etwas repariert, mit der Konsequenz auch, daß die eine und

die andere Flasche Bier in diesem Zuge „belüftet" wurden. Nicht lange hin, kam der Tag der Rückfahrt mit ihm nach Karl-Marx-Stadt.

Abgekürzt schrieb man „K-M-St.", dabei bemerkenswert ist noch heute, daß man das sogar sprechen konnte, ohne zu stolpern: „Kamst". Im weiteren Sinne war das wiederum auch auf Chemnitz anwendbar, also „Camtz". Der Geschichte der Stadt angemessen. Und es war kürzer und nahm nicht so viel Zeit in Anspruch.

Für die Rückfahrt hatte ich bereits alles gepackt und den Schlüssel vom Hühnerstall dem Besitzer zurückgegeben. Dann fuhr ich los. Einen letzten Blick noch zurück zum Hühnerstall, hochschalten und ab ging die Post. Eine schöne und erlebnisreiche Zeit in dieser Stadt ging für mich zu Ende, denn außer Studium sowie die kleinen Roller-Episoden gab es für mich noch aktiven Schwimmsport und daneben das Schwimmtraining einer Mädchenmannschaft.

Die Fahrt verlief gut. Auf dem Autobahnparkplatz Ohorn war mir danach, eine kurze Pause einzulegen. Das war damit verbunden, eine durchzuziehen, eine Zigarette natürlich. Dann wollte ich zum Weiterfahren den Kickstarter betätigen, um den Motor zu starten. Zu diesem Zweck hob ich den rechten Fuß, als ich erstaunt bemerkte, daß der Kickstarter nicht mehr an seinem angestammten Platz war. Er war weg! Sch ... und das ganz deutlich. Habe ich die Schraube dort nicht fest angezogen? Oder fehlte der Sicherungsring? So blieb mir nur die Möglichkeit, den Zündschlüssel in die Stellung 5 zu schalten um anzuschieben. Bei vollem Schwung fuhr ein grauer Trabant 600 in der Auffahrt ganz dicht an mir vorbei. So sprang ich auf, kuppelte und hoffte der Motor würde vielleicht doch schon starten. Nur nicht auf dem Kopfsteinpflaster wegrutschen und stürzen. Doch ich mußte wegen des Trabant stark bremsen. Vorn knackte es in der Schwinge. Später war klar, daß da eine Feder beim Bremsen gebrochen ist. Das ist konstruktiv bei solch einer Schwinge möglich, beim Bremsen der Vorderachse konnten die Druckfedern zu starken Zugkräften ausgesetzt werden und unter Umständen kam es so zum Bruch. Trotzdem, der „Bock" sprang beim erneuten Anschieben an und fuhr unbeschwert bis Karl-Marx-Stadt, in die Uhlichstraße. Dort haben wir zwar bereits nicht mehr gewohnt, jedoch der Schlüssel zu Vaters Garage war da abzuholen.

Für einige Monate wurde der Rolli in der Garage abgestellt, bis ich ihn eines Tages nach Erfurt holen konnte. Es ergab sich die Gelegenheit, einen LKW URAL[8] im VEB AREWA[9] Altenburg aus einer Instandsetzung abzuholen und den „kleinen" Umweg zu nehmen. Mein Mitfahrer und ich waren uns einig darüber, den Ural ein wenig „einzufahren", was aus der Sicht von Technikern immer vertreten werden konnte, durch die Vorgesetzten jedoch niemals genehmigt worden wäre. Und schon gar nicht als private Fahrt!
Als problematisch erwies sich beim Verladen die Pritsche des URAL, weil die sehr hoch gelegen ist. Wir waren nur zu dritt und versuchten, den Rolli auf diese Höhe zu heben. Vater konnte nur mit einem Arm zupacken. Trotzdem gelang uns das irgendwie.
Spät abends erreichten wir die Steigerkaserne in Erfurt, luden den Rolli an der Küchenrampe ab und schoben ihn in meinem „TA-Keller"[10], der sich direkt unterhalb der Küche befand. Nein, offiziell war das nicht. Der Keller auch nicht. Der Motor sprang nicht mehr an, einiges war zu tun um ihn wieder fahrbereit zu bekommen.

Ich war noch nicht in Besitz einer Wohnung, doch ich hatte ein kleines schmales Zimmer im „Ledigenwohnheim" für mich ganz allein. Das befand sich in der oberen Etage des Stabsgebäudes. Auf der anderen Seite des Ganges, beinahe gegenüber von meinem Zimmer befand sich eine kleine Küche, die von 2 Soldaten „bewirtschaftet" wurde. Die beiden waren „Resis"[11] und hatten die Aufgabe, für Ordnung im Ledigenwohnheim zu sorgen. Zu den beiden hatte ich einen „guten Draht", was mir auch ein wenig zum Vorteil verhalf. Weil sie mit mir und meinem Zimmer keinen Streß und somit keine Mehrarbeit hatten, boten sie mir abends gelegentlich ein Spiegelei frisch zubereitet an. Und ich hatte mitunter etwas für sie in meinem Schrank: eine Flasche Wilthener Kräuter- oder Gewürzlikör. „Unnere Gräser" zum Beispiel, oder „Wilde Sau". So kamen wir ins Gespräch. Einer der beiden wohnte in Suhl, erfuhr ich von dem Anderen. Und, daß er dort ein Sushi-Restaurant hat, das einzige in der DDR.

Zwei Soldaten aus unserer Kompanie wollten für mich die Reparaturen am Motorroller erledigen. Was sie tatsächlich machten? Ich erfuhr es später, als die Sache aufflog. Sobald ich am Wochenende nach Hause fuhr und auch so Ruhe in der Kaserne einkehrte, fuhren die Jungs mit dem Roller durch die Kaserne. So dauerte die versprochene Reparatur längere Zeit und der Roller blieb in besagtem TA-Keller. Natürlich war das nicht offiziell und somit nur eine Frage der Zeit, daß höhergestellte Vorgesetzte und solche, die sich dafür hielten und nur auf einen Anlaß warteten uns anzählen zu können, darüber Kenntnis erhielten. Das Glück stand aber auch etwas auf meiner Seite, denn mit dem Erwarten unseres ersten Kindes im November 1981 bekamen wir recht zügig unsere erste Wohnung in Erfurt, in der Käthe-Kollwitz-Straße. Wenig später habe ich den Motorroller in dem zur Wohnung gehörigen Keller untergebracht. Doch intakt war er noch immer nicht.

Die engen Treppen hinab zum Keller gestalteten sich als pure Herausforderung: 7 Treppenstufen abwärts, dann im rechten Winkel nach links, vorher die Tür zum Kellergang öffnen, aber auch den Keller selbst. Der befand sich gleich rechts neben der Tür, alles war sehr eng. Drei kräftige Männer waren erforderlich, denn etwas mehr als 2 Meter Länge und beinahe 3 Zentner Eigengewicht sind nichts für schwache Nerven, schließlich mußte der Motorroller hinten kräftig in die Höhe gehoben werden um die Kurven zu absolvieren. Leider. Denn das bedeutete auch das kommende „Aus" für ihn. Teilte er sich außerdem den engen Keller zur Hälfte mit Kohlen, die extra in eine Einfassung geschüttet und steil nach oben bis zur Kellerdecke geschichtet wurden. Somit war kein Platz mehr vorhanden und der Weg zum Kellerfenster versperrt. Deshalb gab ich irgendwann auf und den Motorroller zum Teil zerlegt weg. Aus heutiger Sicht gesehen, war das aber ganz normal. Zuerst war da das Motorrad, dann die Frau und Kinder wollten wir auch. Und ein Auto.

Der Zweisitzer sollte also weichen. Später erst war mir der Verlust meines „Rolli" schmerzhaft ins Bewusstsein eingekehrt. Nicht sofort, das wäre doch auch komisch gewesen. Die Familie stand ganz vorn, war mir sehr wichtig und gemeinsam wollten wir die neuen Herausforderungen annehmen, mit der Arbeit und dem neuen Wohnort zurechtkommen und uns einleben. Geblieben waren das Kennzeichen, die Fahrzeugpapiere und im Fotoalbum einzelne Schwarz-Weiß-Fotos.

Im Jahre 1989 änderte sich so einiges. Nicht nur das alte politische System sind wir hier losgeworden, manch einer hat auch recht schnell seine Arbeit verloren. Nahezu alles wurde auf den Kopf gestellt. Und vieles Liebgewonnene - wie das bisherige Fahrzeug - in Frage oder irgendwo hin abgestellt. Mittlerweile hatte auch ich eine neue berufliche Perspektive, meinem Beruf als Kfz-Ingenieur blieb ich aber treu. Nach dem Abschluß einer mehrmonatigen Ausbildung wurde ich zum Kfz-Prüfingenieur einer Überwachungs-organisation benannt. Der Einigungsvertrag[12)] zwischen den beiden deutschen Staaten trat bereits in Kraft und die ab jetzt zur Hauptuntersuchung vorgestellten Fahrzeuge der damals alltäglichen Marken wie zum Beispiel Trabant, Wartburg, Lada, Skoda, Barkas, W50 oder Dacia, sowie die im „Westen" gekauften gebrauchten Autos erhielten nicht mehr die bis dahin ausgegebenen DDR-Kennzeichen, sondern neue nach bundesdeutschem Recht. Die Umkennzeichnung aller Fahrzeuge kam in Gang. Das geschah unter anderem auch nach öffentlichem Aufruf der letzten beiden Zahlen der alten Kennzeichen.

Das Kennzeichen meines Rollers war noch immer das aus dem Bezirk Karl-Marx-Stadt: „TG 70 - 97". Den habe ich nie bei der Zulassungsstelle - die damals zur Volkspolizei gehörte - abgemeldet. Auch die Versicherung wurde schon einige Jahre nicht mehr bezahlt, die Marken als Nachweis dafür fehlten im Versicherungskärtchen[13]. So stellte sich auch für mich die Frage, was jetzt zu tun sei. Niemand wußte, in wieweit die nicht bereits abgemeldeten Fahrzeuge direkt aufgerufen werden konnten oder sollten. Gab es dafür eine Regelung oder blieb es bei der Ankündigung, daß die nicht umgekennzeichneten Fahrzeuge nach Ablauf einer Frist die Gültigkeit ihrer Betriebserlaubnis verlieren würden? Die Erkenntnis, daß dem alten ein neues Unrechtssystem gefolgt war gab es bereits und auch die, daß - sobald es ums Geld geht - eher selten freundschaftliche Verhältnisse entstünden. So entschloss ich mich spontan, das Kennzeichen zu zerschneiden und den Fahrzeugbrief den Flammen im Kachelofen zu übergeben. Die „Zulassung" behielt ich zum Andenken.

Aus heutiger Sicht war mein Handeln unnötig, denn es passierte nichts und wahrscheinlich wurde niemand wegen dieser „Altlasten" behelligt.

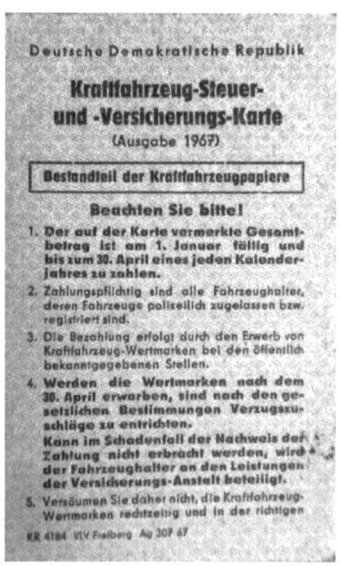

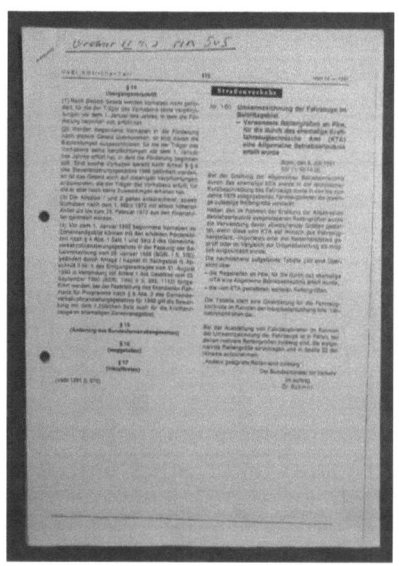

Meine neue Tätigkeit als Prüfingenieur führte mich in so manche Kfz-Werkstatt, in einer traf ich einen ehemaligen Kollegen wieder. Irgendwann sprach mich Rolf darauf an, daß ich früher einmal im Besitz eines Berliner Rollers gewesen bin. Ja, so einen hatte ich. Und ob ich wieder einen haben möchte. Was hätte ich sagen sollen? Sofort war ich „Feuer und Flamme" und konnte diese Frage nur mit einem deutlichen „ja" beantworten. Und nun erzählte er mir, was in seiner Familie passiert war. Sein Vater sei verstorben und er solle nun den Roller seines Vaters mit nach Erfurt nehmen, weil seine Mutter darauf bestand. Doch er wollte ihn nicht haben. Eine andere Wahl hatte er nicht. Aber er schlug mir vor, ich könne ihn übernehmen. Die einzige Bedingung war diese: seine Mutter dürfe von seinem Vorhaben keine Kenntnis erhalten, sie müsse in dem Glauben bleiben, daß ihr Sohn den Roller behielt.

Einige Tage später mietete ich einen Transporter, mit dem fuhren wir gemeinsam in die Nähe von Greiz, wo wir abends in der Dunkelheit ankamen. In der Garage stand hinten quer der abgedeckte hellblaue Motorroller Berlin. Während dieser in den Transporter verladen wurde, hat sie im Wohnzimmer reichlich Abendbrot „aufgetischt". Wenig später saßen wir im Auto und als ich den Motor startete sagte Rolf zu mir: "Jetzt ist er deiner". Endlich. Das war im Frühjahr oder Sommer 1993. Ich habe ihn im folgenden Jahr unter Vorlage eines Gutachtens nach §21 StVZO recht problemlos zulassen können. Der Roller stand und blieb danach aber weiterhin im Keller unserer jetzigen Wohnung in der Gneisenaustraße. Dort produzierte er seine ersten Abgase. Bei geöffnetem Kellerfenster. Das war sicher nicht immer zur Freude unserer Hausbewohner.

Interessant bei der Wiederzulassung war, daß die Zulassungsstelle mit Hinweis auf einen Passus aus dem Einigungsvertrag und einer vom Freistaat Thüringen veranlaßten pauschalen Ausnahmegenehmigung für alle Motorräder mit Baujahr bis 1965, sofort und ohne mein eigenes Zutun ein kleineres amtliches Kennzeichen zugeteilt hat. Andere kannten diese Ausnahme möglicherweise nicht und drangsalierten ihre „Kunden" mit einem Kennzeichen in der Größe eines Kuchenbleches oder mit dem Antrag auf eine gebührenpflichtige Ausnahmegenehmigung und all` dem dann notwendigen verwaltungstechnischen Übel.

Ähnliches sollte mir 1996 schließlich selbst widerfahren, als ich wegen Umzugs in einen anderen Kreis meine Fahrzeuge ummelden mußte. Dort hat man die Möglichkeit der Existenz einer pauschalen Ausnahmegenehmigung für gänzlich unmöglich gehalten.
Nur mit Hilfe der zuvor tätig gewordenen Zulassungsstelle, mit Nennung des entsprechenden Aktenzeichens dieser Ausnahmegenehmigung an den jetzt tätigen Bearbeiter im anderen Zulassungskreis und einer „Bedenkzeit" gestand man mir wieder ein kleines Kennzeichen zu, doch mit der Maßgabe, das Fahrzeug „vorzuführen". Ich erinnere mich daran, daß mir fast schon der Kragen platzte, als ich den Mitarbeiter am Telefon fragte, ob ich ohne Kennzeichen zu ihm hinfahren oder den Roller besser 15 bis 20 km tragen solle, schließlich war es der Unwissenheit dieses Amtes geschuldet, die zu eben dieser Situation geführt hat.
Damit fand der Spuk endlich ein Ende. Ich gab zu verstehen, daß ich für diesen Humbug aber wenigstens ein zu mir passendes Kennzeichen erwarten möchte, was dann auch geschah. Man entschuldigte sich, doch der erneute Gang zum Amt war damit trotzdem fällig.
Ich wollte endlich wieder fahren, so wie früher. Endlich wieder dieses wunderschöne Gefühl verspüren.

Einige Jahre später äußerte ich Franka gegenüber einen Gedanken: falls ich irgendwann einmal einen Schrotthaufen eines solchen Rollers geschenkt bekäme, würde ich meinen ersten wieder „auferstehen" lassen. Das war keine spontane Idee. Gelegentlich dachte ich schon lange vorher daran. Der Zufall eines betrieblichen Ausfluges mit ihrem Team im Sommer 2012, bei dem die Ehepartner mitfahren durften, verhalf mir unverhofft zu meinem Glück - und das im doppelten Sinne. Eine Scheune sollte aufgeräumt werden, in

der seit vielen Jahren unter anderem 2 Motorroller „Berlin"
nutzlos den Platz versperrten.

Einer der beiden wurde als Ackerschlepper bis anfangs der
1990-er Jahre zum Pflügen genutzt. Ein recht monströses
Dreirad der Marke Eigenbau also, das nicht einmal über
einen Differentialausgleich auf der Hinterachse verfügte,
dafür die Möglichkeit, die dort montierten Rollerräder mit
Schneeketten zu bestücken, um die Traktion auf dem Feld
wenigstens etwas zu verbessern.

Das sah komisch aus, „Trennscheiben"[14] mit Schneeketten.
Allein der Gedanke daran bedurfte schon eines reichlichen
Vorstellungsvermögens, geschweige denn dessen kreativer
Umsetzung. Aber eine verbogene Ackerschiene mit
Steckkupplung hatte dieser. Und gepflügt auch. Die
Schneeketten waren im Eimer - einem gelben aus Plaste.

Beide Fahrzeuge befanden sich in bemitleidenswertem Zustand.

Die Verstärkung an den Längsträgern der Hinterachse des Traktors „Berlin" hätte gut und gerne als Grundgerüst für einen Hochspannungsmasten getaugt. Mehrere Kettenräder führten von der Hinterachse des ursprünglichen Berliner Rollers zur Untersetzung des Antriebs auf eine sehr lange Welle, die einer Dreschmaschine entstammte. Gewaltige Lagerschalen gaben der Welle die nötige Führung. Alles in allem ein sehr rustikaler Eigenbau. Das war jedoch nicht so unüblich in der damaligen „Branche" der kleinen privaten und Hobby-Bauern in der DDR, für die die private Anschaffung eines Traktors nahezu unmöglich gewesen ist. Was aber dazu taugte wurde umgebaut und Teile verschiedener Fahrzeuge miteinander kombiniert.

Der zwangsgekühlte Motor[15] war ein des Motorrollers großer Vorteil, bei größeren Eigenbauten kamen deswegen bevorzugt auch Trabant-Motoren zum Einsatz, da auch diese über solch eine Kühlung verfügten: ein Gebläse mit Keilriemenantrieb - unschlagbar bei dem nicht vorhandenem Fahrtwind, um dem Motor einigermaßen die notwendige Kühlung zu verschaffen.

Der andere Roller war wenigstens noch im Wesentlichen komplett, die Karosserie erhielt ihre letzte Farbbehandlung vor Jahrzehnten mit einer Malerbürste. Dabei wurde über alles hinweggestrichen was an ihr montiert war, zum Beispiel Teile des Scheinwerfers, die anderen Leuchten, seitliche Zierleisten und das „Berlin"-Wappen. Vorausgegangen war offensichtlich ein Schaden an der Seitenwand auf der rechten Fahrzeugseite. Das komplette Vorderrad befand sich nebst zugehörigem Bremsbowdenzug sowie der Tachowelle neben seinem Bestimmungsort und wurde dadurch daran gehindert, verloren zu gehen. Das Knieblech hatte man zusätzlich zerlöchert, um daran einen Holzkasten als Batteriehalterung anzubauen.

Mit der Zerlegung begann ich im Winter 2013 / 2014. Alles Unbrauchbare habe ich verschrottet, sämtlich die Teile, die nicht zum Motorroller „Berlin" gehören, somit die kompletten

Auf- und Anbauten, die das Gefährt zum Ackerschlepper machten. Aus technischer Sicht war diese „Konstruktion" ohnehin äußerst fragwürdig, aber auch kurios.

> ➢ Die Drehstabfeder fehlte, dafür steckte ein entsprechend dimensionierter Gewindebolzen auf der Verzahnung für die Drehstabfeder, links und rechts mit Muttern verschraubt.
> ➢ Die Blechprofile der hinteren Schwingarme rechts und links wurden durch L- und U- Profile aus massivem Stahl verstärkt und verlängert.
> ➢ Der Antrieb erfolgte per Kette vom linken Teil neben der Hinterachse auf eine Welle, auf der wiederum ein Kettentrieb auf eine weitere Welle führte in der Folge auf eine ca. 1,8 Meter lange Welle, die einer Dreschmaschine entstammte.
> ➢ Diese Welle war durchgehend, ein Differential also nicht vorhanden. Aus diesem Grunde drehte sich das jeweils kurveninnere Rad gleichschnell dem kurvenäußeren Rad. Technischer Unsinn also.
> ➢ Als Hinterräder fanden solche des Motorrollers Verwendung, die wiederum über eine Nabe fest mit der Welle verbunden gewesen sind.
> ➢ Eine bessere Traktion sollte durch das Aufziehen von Schneeketten erreicht werden.
> ➢ Der komplette Antrieb war ungefedert und steif.
> ➢ Die linke Traverse vom Rahmen zum Trittbrett fehlte.

Alles das führte dazu, daß beginnend vom Rahmen nahezu alle wichtigen Teile des Fahrwerks beschädigt waren. Auch die Hinterhaube, das Knieblech und der vordere Kotflügel sind davon nicht verschont geblieben. Die komplette Vorderradschwinge war beschädigt und ausgeschlagen, die Lager der Lenkung nur noch fragmental anwesend und von den Kugeln der Lenkungslager fehlte ein guter Teil unentschuldigt …
Die Zerlegung führte zu mancher Überraschungen. Doch nach und nach konnten die Teile dann auch gereinigt und aufgearbeitet werden.

Im Sommer des Jahres 2014 habe ich mit Unterstützung eines Freundes die Fahrwerksteile sandstrahlen können, wenig später wurden sie grundiert und lackiert. Zur Verwendung gelangte Industrielack und zum Trocknen habe ich alle Teile im Pavillon unseres Gartens hängend untergebracht.

Im Juli des Jahres begannen erstmals Aktivitäten in umgekehrter Richtung - die Montage. Der instandgesetzte Rahmen erhielt nun seine Drehstabfeder sowie die oberen und unteren Schwingarme und alle weiteren Teile zur Aufnahme der Hinterachse. Der neue Schwingungsdämpfer, der Spritzschutz und der Haubenträger wurden montiert. Dem Einbau des instandgesetzten Motors folgten die Motorverkleidung, der Lüfter, Vergaser und das Gebläse. Verschleißteile wie Buchsen und Hülsen habe ich zum Teil gegen neue ausgetauscht, wie auch die Kugellager im Lüfter und in den Achsen. Nun folgten die Gummifedern, weitere Anbauteile und schließlich die Komplette Hinterachse, die Kette und das Rad.

Ebenfalls mit Unterstützung konnten inzwischen auch die Karosserieteile aufgearbeitet und lackiert werden. Das Lampengehäuse erfuhr eine Spezialbehandlung, da dieses aus Bakelit[18] besteht. Ohnehin war es nicht einfach, drei verschiedene Materialien zu lackieren, denn zu Bakelit kamen Aluminium und Stahlblech der Karosserie hinzu. Zum besseren Aushärten der lackierten Karosserieteile verblieben diese dann im Haus, im oberen Wohnzimmer.

Die Farbe „Himmelblau" war als „Aeroblau" im alten DDR-Fahrzeugbrief eingetragen gewesen, daran konnte ich mich erinnern. „Blau" stand jedoch in der Zulassung. Mit der Recherche nach dem Farbton wurde ich in einem Farben-Fachgeschäft sehr gut beraten. Wir fanden heraus, daß diese Farbe damals, in den Fünfziger und Sechziger Jahren in beiden Teilen Deutschlands für die Lackierung von Fahrzeugen zur Anwendung kam, der Farbton entsprach RAL[20]. Mit der Wahl dessen bin ich sehr zufrieden, so hatte ich meinen ersten „Berlin" in Erinnerung. Leider weiß ich nicht, ob die damalige Lackierung noch die Originale war. Das war auch nicht so wichtig, den Gedanken an einen späteren Oldtimer hatte man eher nicht, ich auch nicht. Das

Fahrzeug war ein gut aussehender Gebrauchsgegenstand. Einen direkten Farbvergleich besitze ich nicht, es sind einige Schwarz-Weiß-Fotos aus dem Jahre 1978 / 1979 vorhanden, die zum Teil Vater gemacht hat.

Heute weiß ich, daß die einfarbige Lackierung die der Standartausführung war, kennzeichnend dabei auch das Nichtvorhandensein einer Reling auf dem vorderen Kotflügel und der seitlichen Zierstreifen an der Hinterhaube.

An anderer Stelle habe ich erwähnt, daß Fotos von mir und meinem ersten „Berlin" existieren. Der Anlass für die Entstehung dieser Fotos war ein Erlebnis im Sommerurlaub des Jahres 1978. Meine Eltern erwarteten mich in unserem Garten in Oberrabenstein, einem Ortsteil im damaligen Karl-Marx-Stadt. Und da es offensichtlich sehr warm war, hatte ich nicht das Bedürfnis, meine orangefarbene Motorrad-Kombination anzuziehen. Dafür jedoch eine einfache graue Baumwollhose, Halbschuhe und meine rote Strickjacke mit Kapuze. Dieses letztgenannte Detail ist für mich aus heutiger Sicht sehr bemerkenswert, darauf komme ich an anderer Stelle zurück.

Kurz vor meiner Ankunft im Garten habe ich mir noch eine Zigarette angezündet. So fuhr ich rauchenderweise in die Pelzmühlenstraße, dann weiter in die Waldstraße und bog links ab auf einen Weg, der zum Garten führte. Zufällig stand Vater auf dem Weg und grüßte, als er mich sah. Ich tat es ihm gleich, als plötzlich eine Bodenwelle vor mir dies beendete und ich mich schlagartig vor meinem Motorroller auf dem Erdboden befand. Ich bin also nach vorn, das heißt über den Lenker hinweg „abgestiegen". Passiert ist dabei nichts, doch es mußte recht

komisch ausgesehen haben, denn Vater holte sogleich den Fotoapparat. Zu meinem Glück war ich aber schneller und saß wieder „im Sattel" als er zurückkam. Entstanden sind deshalb nur die Fotos eines anständigen und braven Motorrollerfahrers.

Ende November 2014 habe ich die „Roller-Baustelle" vom Carport in die Garage verlegt und den neue Motorroller weiter komplettiert. Mit dem Einbau des neuen Kabelbaumes entschied ich mich dazu, die elektrische Anlage wie auch die Zündung zu modernisieren, auf 12 Volt-Anlage umzubauen und die Unterbrecherzündung durch eine elektronische Zündanlage zu ersetzen. Als für mich kompliziert erwies sich die Verbindung des neuen, nach Schaltplan gefertigten Kabelbaumes mit dem der elektronischen Zündanlage. Doch auch hier erhielt ich Hilfe aus dem Kreise meiner Freunde und Kollegen. Abweichend vom Schaltplan war zusätzlich eine Blinklichtanlage anzuschließen. Nun wurde es immer enger an den Kabeldurchführungen im Lampengehäuse und entlang des Rahmens unter dem Trittbrett.

Ende März 2015 war es dann soweit: Der Motor wurde gestartet. Endlich. Und im April habe ich den Motorroller vom Arbeitstisch herunter genommen. Jetzt stand er auf seinen eigenen runden Füßen und bei schönem Wetter auch draußen vor der Garage.

Und „fürs Foto" die Gelegenheit, schon einmal einen Blick voraus zu wagen. Die Hinterhaube, die Sitze sowie das Reserverad wurden nur lose draufgesetzt. Ja, das wird ein sehr schönes Motorrad, da bin ich mir ganz sicher.

Der Abschluß der Restaurierung rückte nun in greifbare Nähe. Und somit auch die Begutachtung des Motorrollers durch die Technische Prüfstelle. Das alles war kein Problem, auch nicht die Online-Reservierung meines Wunschkennzeichens bei der Zulassungsstelle. Doch dann änderte sich das Blatt schlagartig, die vorhandenen Fahrzeugpapiere aus der DDR hat die Zulassungsstelle nicht mehr anerkannt, der Eigentumsnachweis war nicht ausreichend.

Und überhaupt: „... das geht so nicht, kann nicht so gemacht werden ..." etc. Ich wurde an einen Notar verwiesen um ihm zu erklären, daß der alte DDR-Fahrzeugbrief für diesen Motorroller nicht mehr vorhanden war.

Danach müsse von Amts wegen die Fahrgestellnummer öffentlich aufgeboten werden und weitere Wochen und Monate vergehen, bis endlich so viel Genugtuung erfolgt war, daß der Ausstellung neuer Fahrzeugpapiere nichts mehr im Wege stand. Die Motorradsaison hatte schon längst begonnen.

Man weiß wohl im Umfeld, daß solche Handlungsweise auch als „Alleinstellungsmerkmal" dieser Zulassungsbehörde betrachtet werden könnte. Andere machen es anders. Eine Wahl hatte ich nicht, von Amts wegen dazu verdonnert. So war es dann auch „wurscht", ob sich der Umfang meines Halses temporär veränderte, oder eben nicht.

Der angestrebte Notar benötigte für das Gespräch nicht mehr als 3 Minuten, die gezahlten knapp 80 Euro für diesen „Akt" beanspruchte wahrscheinlich die etwas „antiquierte Bearbeiterin"[16) am Tresen, weil sie allein mit der Erstellung einer einfachen Quittung per Hand und das Heraustrennen dieser aus einem Quittungsblock fast eine halbe Stunde benötigte. Mit dem Schreiben des Notars in der Hand eilte ich zurück zur Zulassungsstelle, das war an einem Freitag etwa eine Stunde vor dem dort amtlich angestrebten Wochenende. Ich bat darum, den Leiter der Zulassungsstelle zu sprechen. Die Vorführung des Motorrollers und die „Inaugenscheinnahme" der Fahrgestellnummer sollten nun doch noch erfolgen.

Dankbar im Nachhinein bin ich dem Leiter des Amtes dafür, daß er es mir ermöglicht hat noch vor dem Ende der Öffnungszeit das Objekt der Begierde vorführen zu dürfen und ich mit meinem angehängten Anhänger und darauf verladenem Motorroller auf der Wiese hinter dem Amt wenden durfte. Parkplätze gibt es, jedoch keinen einzigen, der mit angehängtem Anhänger nutzbar gewesen wäre. Die Fahrt nach Hause, das Verladen des Motorrollers sowie die erneute Fahrt zum Amt möchte ich nicht näher beleuchten, es wäre viel „Asche auf mein Haupt" zu laden. Die Nummer am Rahmen wurde besichtigt und das falsche Lesen dieser von mir mehrfach berichtigt, letztendlich konnte noch am selben Freitagmittag die Abfrage beim Kraftfahrt-Bundesamt gestartet werden.
Jetzt war „warten" angesagt, warten und wieder warten, bis nach vielen Wochen im Mai 2015 die positive Nachricht bezüglich der Fahrgestellnummer eintraf und ich nun zum dritten Mal in gleicher Angelegenheit anreisen durfte. Dann

ging alles ganz schnell. Ein junger und undynamischer Bearbeiter[17] nahm sich meiner an. Daß der Notar an der Stelle der Rahmennummer das ehemalige „amtliche" DDR-Kennzeichen eingetragen hatte, fiel ihm nicht auf. Alles wurde eingescannt, die Rechnung für diese Taten erstellt, als plötzlich die Mitarbeiterin aus der Dokumenten-Ausgabestelle hereintrat und folgende Frage mit brisanter Tonlage in den Raum warf: "Hat der letzte Vorgang schon bezahlt?" Ich war also der „letzte Vorgang", ich war die eilig nachgefragte „Sache"! Das muß man sich einmal langsam auf der Zunge zergehen lassen.

Doch nach umgehender Tilgung der Rechnung am Automaten der Behörde und unter Vorlage des Kassenbon konnte ich das lang ersehnte Kennzeichen anfertigen lassen. Doch einer Belehrung von Amts wegen über die verordnete Kennzeichengröße mußte ich mich aber noch unterziehen. Gelangweilt und ein wenig genervt ließ ich das über mich ergehen, denn so neu war für mich die Information über die neue Größe des „fälligen" Leichtkraftrad-Kennzeichens nicht. Trotzdem nahm ich diese Lektion an - von Amts wegen. Jetzt noch ganz schnell zum Schilderdienst!

Dort aber eskalierte die Bearbeitung meines Kennzeichen-wunsches so: „ob die da drüben nicht noch ein größeres Blech für solch eine kleine Nummer hätten wählen können" und „die müssen doch nicht mehr alle Tassen ...". Und so weiter, und so weiter. Damit hatte ich nicht gerechnet, schlug mir doch die junge Frau unter weiteren Lobgesängen auf das Amt vor, das Kennzeichen kleiner als verordnet zu fertigen, sie habe noch alte, die aktuell aber eigentlich nicht mehr ... usw. „Die merken das sowieso nicht, die nicht!" Ich ließ es geschehen, warum auch nicht? Der Versuch war´s mir wert und lustig war es obendrein.

So kam ich kurz darauf bei der Dokumenten-Ausgabestelle des Amtes an und gab alles durch das kleine ovale Fenster. Faustschlagartig erhielt das Blech zwei Plaketten und wurde dadurch ein Amtliches. Von Amtes wegen gesegnet, folgten die neuen Dokumente. Schließlich war grad wieder einmal amtlich verordneter Feierabend. Jetzt endlich stellte sich auch meinerseits ein gewisses Glücksgefühl ein.

Zu Hause verglich ich die Größe der Kennzeichen beider Motorroller miteinander. Da gab es keine Unterschiede. Optisch unterscheiden sich beide nur in der Art der Schrift und der jetzt obligatorischen blauen Fläche mit dem „D".
Man stelle sich vor, daß die von gerademal 6 PS erzeugten Abgasströme und ein größeres Nummernschild einander hindern - nein, besser man tut es nicht.

Ab jetzt stand einer ersten Fahrt nichts mehr entgegen. Der „neue" Roller fuhr sehr gut und es gab keine größeren Probleme. Lediglich ein Kolbenklemmer sorgte kurzzeitig für Aufregung, dieser blieb aber ohne Folgen und war nicht ungewöhnlich. Die folgenden Fahrten führten mich immer weiter weg von zu Hause, so bis zum Kyffhäuser, später auch nach Bad Langensalza, Kelbra und Sondershausen, Schmalkalden, Apolda, Eisenach oder die Hainleite.
Bis zum Jahreswechsel bin ich 600 km mit ihm gefahren. Doch einen zweiten Motorroller zu haben stellt mich nun vor eine Herausforderung ganz anderer Art, die der Gleich-behandlung.
Das geschieht bei mir in etwa so: Heute möchte ich gern mit einem der beiden fahren, das Wetter ist gut und es verspricht, ein sehr schöner Ausflug zu werden. Die Motorradkombi hängt im Schrank und die Zulassungen liegen stets griffbereit. Ein Blick in mein Notizbuch verrät mir, welcher von beiden heute auf die Straße darf. Dem anderen verspreche ich dann die nächste Fahrt. So, wie immer.
Noch kurz vor dem Jahreswechsel bin ich mit beiden gefahren. Am 28. Dezember fuhr ich nach Erfurt bis ins Stadtzentrum, um den Domplatz herum und vorbei am Weihnachtsmarkt. Während wahrscheinlich viele Fußgänger in der Stadt damit beschäftigt waren ihren Weihnachtsstreß abzubauen, staunten einige nicht schlecht, mitten im Winter einem solch alten Motorrad samt seines mutigen Fahrers zu begegnen.
Mit dem anderen „Berlin" kam ich dadurch auf die insgeheim angestrebten 1000 km in diesem Jahr.

Und für das nächste Jahr bahnte sich ein neuer Gedanke den Weg in die vorderste Reihe meiner Wünsche: Es müsse doch möglich sein, mit dem neuen „Berlin" eine Fahrt nach Chemnitz zu unternehmen und dort vor dem Garten die Fotos nachzustellen, die 1978 an gleicher Stelle entstanden sind.

Gesagt - getan. An einem wunderschönen Sonnabend, im September 2016 war es mir möglich, diese Tour zu starten. Bei phantastisch schönem Wetter, Sonnenschein und Wärme fuhr ich mit wenig Gepäck los. Die Strecke führte mich über Naumburg und Altenburg nach Chemnitz, das ließ sich sehr gut fahren. Daß ich jedoch auch durch Zeitz fahren würde, stand nicht auf meinem Plan. Nun, ein Plan war das nicht, vielmehr einer der Briefumschläge mit Fensterchen, die wöchentlich den Weg in den Briefkasten finden und von dort meist umgehend in die blaue Tonne befördert werden. Doch dieser hatte Glück, ihm war sporadisch eine weitere Verwendung zugedacht: auf der Rückseite habe ich die „Nordroute" über Naumburg und Altenburg notiert, auf der anderen Seite die „Südroute" nahezu parallel der Autobahn „A4" und eine weitere Strecke als Alternativroute dazu. Dieser Plan fand seinen Platz unter der Motorradjacke und war damit leicht erreichbar.

In Zeitz erinnerte ich mich daran, daß ich meinen ersten „Berlin" im Sommer des Jahres 1977 aus dieser Stadt geholt habe. Deshalb wollte ich gern irgendwo ein Foto mit dem Motorroller und mit einem Bezug auf die Stadt Zeitz aufnehmen. So einfach war das aber nicht, an diesem Sonnabend fand da gerade ein Simson - Treffen statt und die S50, Star, Schwalbe und Co. kamen in großer Stückzahl aus allen Himmelsrichtungen, die waren schlicht und einfach überall. Am Ortsausgangsschild ergab sich aber eine recht praktische Gelegenheit für ein Foto, sodaß ich gewendet habe und den Motorroller vor dem Ortseingangsschild in eine gute Position zum Fotografieren bringen konnte.

.

Am späteren Nachmittag habe ich Chemnitz-Rabenstein erreicht. Mutter war nicht im Garten, das wußte ich. Jedoch sollte ich die Nachbarin antreffen. Doch entweder hat sie mich nicht gehört oder sie war nicht im Garten, denn die Tür war verschlossen. Diesem gegenüber befinden sich seit wenigen Jahren einige neugebaute Einfamilienhäuser, deren Bewohnern ich aber nicht bekannt war. Früher waren das Gärten mit kleinen einfachen Bungalows und man kannte sich. So wurde ich selbstverständlich beobachtet, auch weil ich versucht habe, Zugang zu unserem Garten und dem der Nachbarin zu bekommen. Vorsichtshalber sprach ich darum eine Frau und einen Herrn, die sich vor dem Haus gegenüber unterhielten an und stellte die Frage, ob einer von ihnen fotografieren könne und sie mir beim Nachstellen alter Fotos behilflich sein könnten. Sein Sohn war recht schnell begeistert als er hörte, was ich vorhatte. Sogleich eilte er ins Haus, um seinen Fotoapparat startbereit zu machen. Im Flur des Hauses durfte ich mich umkleiden. Eine Baumwollhose, die der auf dem alten Foto sehr ähnlich war, befand sich in meinem Gepäck, auch Halbschuhe. Und eine rote Strickjacke mit Kapuze. Doch das mit der Strickjacke wiederum ist eine andere Geschichte.

So zog ich auch die besagte Strickjacke an. Der Unterschied zu damals, also 1978 ist der, daß die Jacke jetzt „faltenfreier" anliegt. Uns so ausgestattet, sitzend auf meinem Motorroller, entstanden die neuen Fotos.

Man vergleiche! Fast wie damals. Nur sind einige Jahre ins Land gegangen. Zu sehen sind im Hintergrund auch Details, die es damals schon gab: zum Beispiel eine am Gartenzaun stehende Eisenstange, die Jahrzehnte vorher als Halterung für ein Kabel gedient hatte. Die steht noch immer an dieser Stelle und so läßt sich auf einfache Weise ein Bezug zu damals herstellen. Nun gut, das ist aber auch nur für mich von Bedeutung.

Als ich einige Wochen später die neuen Fotos zu Hause ansehen konnte wußte ich, daß sich hier ein schöner Kreis „geschlossen" hat.

Da war aber noch die Sache mit der roten Strickjacke:
Im Sommer des Jahres 1977 fuhr ich mit dem Zug nach
Budapest um in Ungarn Urlaub zu machen. Dort, wie auch
in einem kleinen Dorf namens Vertesomlo - zwischen Tata
und Tatabanya - war es mein Ziel, jeweils eine meiner vielen
„Brieffreundinnen"[22] zu besuchen. Die eine in Budapest habe
ich leider nicht angetroffen. Aber ich kam zu einem Laden mit
vielen bunten Textilien. Im Aushang befand sich eine sehr
schöne dünne, rote Strickjacke mit Kapuze und weiß
abgesetzten Taschen. Die gefiel mir sofort, also habe ich mir
die gekauft. Das eingeschränkt vorhandene Taschengeld[23]
war damit schon nahezu aufgebraucht. Doch die Jacke war
natürlich nicht nur schick, dafür eher ungewöhnlich. Soetwas
bekam man bei uns nicht zu kaufen.
Kritik erfuhr ich zu Hause trotzdem: Die Ärmel seien zu kurz,
oder ich zu groß für die Jacke. Doch ein Schild mit der
Angabe der Größe war nicht vorhanden. Mir gefiel die Jacke
noch immer sehr gut, ich habe die geliebt.

Jahre später gab es die Jacke noch immer. Unsere erste
Tochter kam jetzt in das Alter, in dem sie die Jacke hätte
bekommen und tragen können. So habe ich gedacht. Aber
mit diesen Gedanken war ich natürlich allein. Nein - niemals
würde sie diese Jacke anziehen, bekam ich von ihrer Mutter
zu hören! Ob unsere Tochter selber so gedacht hat? Oder
war der Grund der, daß ihr Papi die Jacke früher schon
getragen hat? Ich weiß es nicht. Mein Vorschlag wurde also
abgelehnt, die Jacke geriet dann wieder in Vergessenheit
und verschwand in den Tiefen irgendeines Kleiderschrankes
bis, ja bis sie eines Tages wiederum zum Vorschein kam - im
Kleiderschrank meiner nun schon erwachsenen Tochter. Als
sie mich fragte: „Was soll ich mit der Jacke jetzt machen?"
Da war ich aber schon einige Jahre Opa, was mich auch - zu
Recht - und noch immer mit Stolz erfüllt. So gab ich ihr zur
Antwort, daß die Jacke vielleicht bald ihrer Tochter passen
könnte. Die Jacke ist doch zu schade zum Wegwerfen.

Natürlich hat meine Enkelin die Jacke niemals getragen. War
ja auch von Opa und …"so etwas kann man nicht mehr

anziehen"… Das verstehe ich jetzt auch. Aber genau dieser Umstand, der zwischen Stillstand und Wandel, Frage und Antwort und wieder Frage und Antwort über so lange Zeit hat der roten Strickjacke dazu verholfen, noch immer existent zu sein. Gerechnet habe ich damit niemals.

Als dann ein sehr schöner Zufall dazu führte, daß beim Ausräumen eines Kleiderschrankes eben diese Jacke wieder auftauchte und ich wiederum die Frage gestellt bekam, was mit ihr geschehen solle. Ich war so sehr überrascht darüber, daß ich sagte: „Nun aber her damit, jetzt bleibt sie bei mir!" Diesen Umstand empfinde ich für mich als einen Glücksfall, weil ich genau zu dem Zeitpunkt meinen „neuen" Berliner Roller fertiggestellt und zugelassen habe. Und jetzt fand auch die Jacke wieder den Weg zu mir. Eben genau die, die ich damals im Jahre 1978 trug, als ich mit dem Motorroller meine Eltern im Garten besucht habe und daraufhin die Fotos entstanden sind.

Noch heute spüre ich all das Glück darüber, daß auch dieser Kreis sich schließen konnte. Wir sind wieder zusammen:

der Rolli, die Jacke und ich

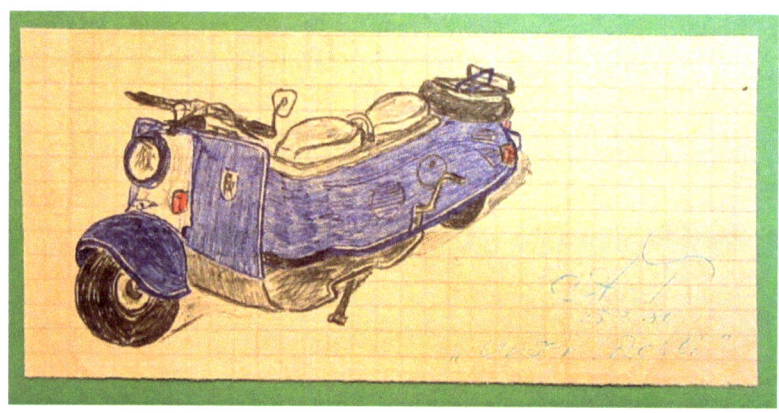

Unmittelbar vor Fertigstellung dieses Heftchens habe ich eine längst verloren geglaubte Skizze aus der Zeit meines Studiums wiedergefunden. Sie entstand sicher während einer langweiligen Vorlesung. Und die Farbe?

Anmerkung:
Ähnlichkeiten zu nicht näher genannten Personen sind rein zufälliger Natur und sowieso unbeabsichtigt. Ich bin mir sicher, daß es wohl mehrere gleichgelagerte Geschichten zu und um die angeregten Themen existieren, ebenso wie es nicht nur meine beiden Motorroller des gleichen Typs gibt.
Weiterhin war es mir ein Bedürfnis, die neuen Regeln der Rechtschreibung aktiv zu ignorieren. So verkrampft habe ich das damals alles nicht erlebt und fühle innerlich einen Stilbruch bei Anwendung dieser. Meine Deutschlehrer aus der Schulzeit und auch später hätten sicher nichts dagegen einzuwenden gehabt.

Erläuterungen:

1) die „Kaßbergauffahrt":der vom Stadtzentrum kommende Beginn der Weststraße, schlängelt sich in sehr engen Kurven bergauf, auf den Kaßberg
2) umgangssprachlich für: kraftlos
3) Deutsche Reichsbahn
4) auch als VKU bzw. KU bezeichnet
5) begrenzte Möglichkeit die Kaserne zu verlassen
6) Geländegängiger PKW sowjetischer Herstellung
7) Kurzform für Johanngeorgenstadt, gegründet von Kurfürst Johann Georg von Sachsen
8) Geländegängiger LKW sowjetischer Herstellung
9) AREWA bedeutete Autoreparaturwerk Altenburg
10) So bezeichnet wurde ein meist illegaler Abstellraum des Technischen Offiziers der Kompanie
11) Verkürzt für Reservisten, die für gewöhnlich 3 Monate zum Reservistendienst eingezogen wurden
12) Einigungsvertrag zwischen beiden deutschen Staaten
13) Ein Klappkärtchen zum Einkleben der bezahlten Versicherungsmarken
14) Flapsiger Ausdruck eines Technikers für: im Verhältnis zum Fahrzeug zu schmale Bereifung
15) über einen Keilriemen angetriebenes Lüfterrad
16) die etwas nicht mehr so sehr taffe Beschäftigte hinter dem Bollwerk „Schreibtisch" des Notariats
17) besser wäre vielleicht: er benötigte ein Mehrfaches des von mir in Anspruch genommenen Raumes
18) einer der ältesten Kunststoffe
19) kleines tragbares Kofferradio, hergestellt in der ehemaligen Sowjetunion
20) RAL, Reichsausschuß für Lieferbedingungen, Normung von 40 Farben in einer Tabelle, die 1927 erstellt wurde (vgl. Wikipedia)
21) ZT300, ein in Schönebeck gebauter Traktor
22) Brieffreundschaften waren in den 1970-er Jahren begehrt und für mich ein schönes Hobby
23) Der Umtausch von Währungen war nur begrenzt erlaubt